밤이, 밤이, 밤이

박상순

밤이, 밤이, 밤이

박상순

PIN
001

차례

PIN

001

밤이, 밤이, 밤이

박상순

시

밤이, 밤이, 밤이

밤이 일어선다. 밤이

걷는다. 길고 긴 글자들을 가진 밤이 걷는다. 황혼의 글자는 바다를 건넌다. 바람의 글자는 빗속에서 태어났다. 12월의 글자는 여행가방을 꾸렸고 월요일의 글자는 별을 좋아했다. 화요일의 글자는 거짓말을 했고 수요일의 글자는 딴생각을 했고, 금요일의 글자는 목요일의 글자 뒤에 숨었다. 3층에서 태어난 글자는 토요일의 글자와 사랑에 빠졌다. 봄의 글자는 4층에서 떨어졌고 여름의 글자는 맨발로 나타났고, 낙엽들의 글자는 첫눈을 기다렸다. 시계 속의 글자는 해바라기가 되고 싶었고, 병 속의 글자는 바퀴가 되고 싶었다. 창밖의 글자는 부엌이나 침대가 되고 싶었다. 길고 긴 어둠의 끈을 가진 밤의 글자들을 품은 밤이 일어선다. 밤이 걷는다. 내 얼굴 위로 밤이 걷는다.

밤이, 밤이,
무너진다. 밤이

주저앉는다. 큰 키의, 짙은 눈썹을 가진 밤이, 깊고
어두운 글자들을 품은 밤이 무너져 내린다. 밤의 글
자들이 내 얼굴 위로 쏟아진다. 바다를 건너가던 황
혼의 글자는 섬이 되었고, 빗속에서 태어난 글자
는 우산을 두 개나 잃어버렸다. 12월의 글자는 발
목을 다쳤고 월요일의 글자는 뒤로 자빠졌고, 거짓
말을 하던 글자는 시계 속으로 들어갔고, 딴생각을
하던 글자는 금요일의 글자와 머리를 부딪쳤고, 목
요일의 글자는 몸무게가 8킬로그램 늘었고 숨어 있
던 글자는 길을 잃었고, 3층에서 태어난 글자는 손

톱 끝이 갈라지기 시작했고 4층에서 떨어진 글자는
물속에 빠졌고, 토요일의 글자는 가을 내내 양파 껍
질을 벗겼고, 맨발의 글자는 얼굴이 온통 빨개졌고,
첫눈을 기다리던 글자는 눈 속에 파묻혔고, 해바라
기가 되고 싶은 글자는 낮게 흐르는 강물이 되었고,
바퀴가 된 글자는 창고 안에 던져졌고, 창밖의 글자
는 아직도 거리에 서 있는, 깊고 어두운 밤의 글자
들이, 밤이,

무너진다. 내 얼굴 위로 밤의 글자들이 쏟아져 내
린다. 네가 어둠 속에 빠진 날, 밤이 너를 보고 놀란
날, 어둠 속에 숨어 있던 내 얼굴을 보고 휘청거리
며 네가 캄캄한 벽 쪽으로 쓰러지던 날, 네가 내 앞
에 주저앉던 날, 밤이.

풀잎의 따님이 눈길을 걸었습니다

풀잎의 따님이 다가왔습니다. 풀잎의 따님이 손가락 끝을 모아 나를 가볍게 들어 올렸습니다. 한쪽 발등에 나를 올려놓았습니다. 풀잎의 따님이 한쪽 발을 들어 올렸습니다. 내 심장이 허공을 가르며 솟아올랐습니다. 풀잎의 따님이 한 걸음, 두 걸음 걷기 시작했을 때 나는 풀잎의 따님의 발목을 두 번, 세 번 감싸 안았습니다.

풀잎의 따님이 웃었습니다. 나도 웃었습니다. 풀잎의 따님이 앉았습니다. 나도 잠시 앉았습니다. 풀잎의 따님이 버스를 탔습니다. 나도 버스에 올랐습니다. 풀잎의 따님이 먼 곳으로 가는 비행기를 탔습니다. 기차를 탔습니다. 나도 비행기를, 기차를 탔습니다. 풀잎의 따님이 스무 살이 되었습니다. 그리고 스물하나, 스물둘, 스물세 살이 되었습니다. 그렇게 나도 스무 살이 되고, 곧 스물세 살이 될 것 같았습니다. 풀잎의 따님이 가을 길을 걸었습니다. 나도 가을 속에 있었습니다. 다음 해 그다음 해, 풀잎의 따님이 뽀드득거리는 눈길을 걸었습니다. 나도 뽀드득, 뽀드득, 눈길을 걸었습니다.

그다음의 다음 해, 풀잎의 따님이 손가락 끝으로 나를 다시 들어 올려 그녀의 가슴속에 넣었습니다. 그날 밤 풀잎의 따님의 숨소리는 마른 잎들이 떨어져 바람에 쏠리다가 길 끝에서 부서지는 소리였습니다. 그날 밤 풀잎의 따님의 눈빛은 희미하게 날리는 창밖의, 먼 하늘의 눈발이었습니다. 풀잎의 따님의 발등에는 환한 불빛이 흘러내렸습니다. 그날 밤, 나는 아주 오랫동안 풀잎의 따님의 가슴속에 있었습니다. 땅속에서 올라온 작은 진동이 풀잎의 따님의 가슴을 단 한 번 흔들다가 멈추었습니다. 남두칠성, 서두칠성, 북두칠성, 동두칠성이 모두 풀잎의 따님의 가슴속에 가라앉았습니다.

마을의 오래된 광장에는 가로등이 왼쪽으로 기울어져 있습니다. 테이블이 서너 개뿐인 작은 카페의 여주인이 밖으로 나왔다가 가로등 쪽으로 고개를 돌립니다. 잠깐 동안 광장을 바라보다가 다시 몸을 돌려 카페 안으로 들어갑니다. 광장 건너편엔 오래된 성당이 있습니다. 그 옆 골목엔 오래된 작은 집이 있습니다. 창문 너머로 식탁이 보입니다. 성당 신부님의 뒷모습이 보입니다. 신부님은 오늘, 먼 곳에서 찾아온 우울과 점심식사 중입니다. 집 앞의 납작한 돌 틈 사이에는 풀잎이 하나, 둘, 세 포기 돋았습니다. 광장의 가로등은 아주 오랫동안 왼쪽으로 기울어져 있었습니다.

나는 그저 사진만 한 장 찍었습니다. 기차를 탔습니다. 비행기를 탔습니다. 마음속으로는, 한쪽으로 기울어진 광장의 가로등을 두 번, 세 번, 몇 번을 감싸 안고 있었습니다. 그래도 오늘은 일찍 일어나 콘체르토 G단조를 듣습니다. 1악장이 끝납니다. 다시 1악장을 듣습니다. 3분 22초, 1악장이 끝납니다. 1악장을 또 듣습니다. 남두칠성, 서두칠성, 북두칠성, 동두칠성이 알레그로Allegro, 알레그로, 흘러내려 사방으로 흩어집니다. 3분 22초, 1악장이 또 끝납니다.

어떤 나무의 노래

낮은 바람, 오래된 침묵의 비행선, 햇빛이 떨어져 나에게 흘러왔다. 나의 거리에서 햇빛은, 칼과 망치를 들고 검은 구름을 품은 무겁고 서늘한 몸체의 가을을 만들었다. 그 가을 속에서 너는 그 누구도 보지 못했던 나의 뒷모습을 보았다.

—나의 진짜 인생은 그렇게 시작되었다.

나의 거리는 오래된 침묵, 벽, 멈추어버린 정오. 거리에 있는 모든 집들의 문은 닫혔고 아무도 지나가지 않았다. 우두커니 서 있던 가을의 무거운 몸은 점점 열이 올랐고, 뜨거워진 가을이 거리의 맨 마지막 집 안으로 휘청거리며 들어가 문을 닫고 사라진 뒤, 네가 길 끝에서 하얀 겨울을 안고 나에게 다가왔다. 오랫동안 하늘에 떠 있던 침묵의 비행선이 사라졌고, 네 얼굴을 닮은 눈발이 휘날리기 시작했다.

눈송이들이 나의 거리에 쏟아져 내렸다.
—술잔, 심장, 손짓.

하늘을 가득 메운, 술잔, 심장, 손짓을 가진 눈송이
들. 네가 걸어오기 시작한 길 끝의 맨 마지막 집에
서부터 가벼운 열기가 밖으로 새어 나왔고, 네가 그
앞을 지나는 순간, 하나둘씩 차가운 벽들과 지붕들
이 따뜻해지기 시작했다. 네가 길의 한가운데쯤 다
가왔을 때, 하늘에서 떨어지던 눈송이들이 갑자기
허공에서 일제히 멈추었다. 허공을 가득 메운 눈송
이들 사이로 오랫동안 닫혀 있던 내 거리의 창문들
이, 단단한 창틀과 벽에서 떨어져 나와 서서히 하늘
을 향해 떠올랐다.

—네가 걷는다. 한 마리의 여우가 거리를 가로지른다.

뒷모습의 내가 오랫동안 멈춰 있던 가을 길, 강물, 수증기. 숲속, 눈송이들과 창문들.
—네가 걷는다. 하늘 위의 가장 높은 숲속으로 한 마리 여우가 사라진다.

봄도 여름도 겨울도 없는, 칼과 망치를 들고 검은 구름을 품은 무겁고 서늘한 몸체의 가을이었던 나의 거리, 뿌리 없는 나무, 오래된 침묵, 벽, 나를 향해 네가 하얀 겨울을 안고 다가오던 날. 술잔, 심장, 손짓을 가진 눈송이들이 하늘에서 멈춘 날, 거리의 모든 창문들이 하늘로 솟아오르던 날. 내 뒷모습을 닮은 네 얼굴이 내 앞으로 가까이 다가오던 날, 나의 진짜 인생이 시작되었다.
그리하여 너는 봄도 여름도 없지만, 봄보다 붉고 여름보다 푸르게 내 앞에 앉는다. 그리하여 나는 더

곧고 단단하게 네 앞에 일어선다. 뿌리도 허리도 없이. 오직,

—빠르게.

무궁무진한 떨림, 무궁무진한 포옹

그럼, 수요일에 오세요. 여기서 함께해요. 목요일부
턴 안 와요. 올 수 없어요. 그러니까, 수요일에 나랑
해요. 꼭, 그러니까 수요일에 여기서……

무궁무진한 봄, 무궁무진한 밤, 무궁무진한 고양이,
무궁무진한 개구리, 무궁무진한 고양이들이 사뿐히
밟고 오는 무궁무진한 안개, 무궁무진한 설렘, 무궁
무진한 개구리들이 몰고 오는 무궁무진한 울렁임,
무궁무진한 바닷가를 물들이는 무궁무진한 노을,
깊은 밤의 무궁무진한 여백, 무궁무진한 눈빛, 무궁
무진한 내 가슴속의 달빛, 무궁무진한 당신의 파도,
무궁무진한 내 입술, 무궁무진한 떨림, 무궁무진한
포옹.

월요일 밤에, 그녀가 그에게 말했다. 그러나 다음

날, 화요일 저녁, 그의 멀쩡한 지붕이 무너지고, 그의 할머니가 쓰러지고, 돌아가신 할아버지가 땅속에서 벌떡 일어나시고, 아버지는 죽은 오징어가 되시고, 어머니는 갑자기 포도밭이 되시고, 그의 구두는 바윗돌로 변하고, 그의 발목이 부러지고, 그의 손목이 부러지고, 어깨가 무너지고, 갈비뼈가 무너지고, 심장이 멈추고, 목뼈가 부러졌다. 그녀의 무궁무진한 목소리를 가슴에 품고, 그는 죽고 말았다. 아니라고 해야 할까. 아니라고 말해야 할까. 월요일의 그녀 또한 차라리 없었다고 써야 할까. 그 무궁무진한 절망, 그 무궁무진한 안개, 무궁무진한 떨림, 무궁무진한 포옹……

호박씨 까먹었음. 달빛은 없음.

오동통한 물오리, 붉은 부리 물오리, 가슴에 붉은
점이 있는 통통하고 기름진 물오리와 나는
호숫가에서……
호박씨 까먹었음. 오동통통한 물오리가 엉덩이로
까주었음. 달콤하고 고소한, 꼭 그렇지는
않았지만 그렇다고 말했음. 통통한 물오리가
헤엄을 치며,
내 발목을 그의 붉은 부리로 물고 호수의 한가운데로
나아갔음. 호수의 한가운데서 나는 잠이 들었음.
햇빛이 몽롱하게 쏟아지고 있었음.

매끈한 물오리. 그렇지만 아랫배에 털이 없는
물오리는 겨울밤에 만났음.
눈이 펑펑 내렸음. 두꺼운 외투를 입은

털 없는 물오리는, 나의 문을 벌컥 열고 들어와
내 앞에 쓰러졌음. 아직 작았던 나는
겨울밤의 그 매끈한 물오리를 겨우 뒤집어서
눈 때문에 흠뻑 젖은 그의 두꺼운 외투, 젖은 옷을
벗겨서 바닥에 늘어놓았음. 창밖엔 눈 내리는 소리,
바닥엔 젖은 옷들이 마르는 소리, 몽롱하게……
울렸음.

오동통한 붉은 부리 물오리는 언제나 늠름하게
나아갔음. 그의 붉은 부리로 나를 이끌며 목소리 큰
철물점 아저씨도, 소란스러운 생선가게 아줌마도,
술 취한 듯 밀려오는 거리의 인파도,
내 앞에서 다 헤치며 나아갔음. 매끈한 물오리,
털 없는 그 물오리는 항상 두꺼운 외투를 입었지만

사뿐사뿐 걸었음. 몽롱한 내 눈빛을 바라보며
아른아른 흘러갔음.

 그러나…… 매끈한 물오리, 털 없는 그 물오리는
사발사발, 삿싸발, 이상한 욕을 하고, 달에게도,
별에게도 욕을 하고,
밤이면 밤이라서, 비 오면 비 온다고,
잠 오면 잠 온다고 마구 욕을 해댔음.
오동통한 물오리는, 닭만 보면, 새만 보면, 발길질,
허공에도 발길질. 다른 오리들을 만나면 물어뜯었음.
날개 달린 것들만 보면 달려들어 싸움 걸었음. 하지만
호숫가에 가면…… 내게 호박씨 까주었음.
그 물오리(오동통한)와, 그 물오리(매끈한)와 나는,
달도 없고 닭도 없는 별도 없고 밤도 없는,

날개 달린 그 무엇도 없는 딴 세상을 찾을 마음은
처음부터 없었음. 그저 나는,
아직 어려, 난 아직 너무 작아, 그렇게 생각하며
그 물오리와 그 물오리의 곁에서, 말없이 얼쩡거렸음.

마침내,
호박씨 가득한 호숫가로 가는 환한 길을 다 알고 난 뒤.
털 없는 물오리의 두툼하고 따뜻한 외투가
내 몸에 맞을 만큼 자란 뒤에 나는,
그 물오리와, 그 물오리를, 흐릿한 달빛이
어슬렁거리는
숲속에…… 밀어 넣었음.

마침내, 사발사발, 삿싸발, 이상한
욕을 하며 나는……

호박씨 까먹었음. 달빛은 없음.

나의 프랑스 요리의 일요일 1

나의 아를레지엔 가자미 요리.
손질한 가자미 1마리, 다진 양파 1큰술,
파슬리 5그램, 백포도주 50밀리리터, 물,
토마토 2개 분량의 토마토 콩카세, 레몬즙,
소금, 후추, 버터 1큰술,
가르니튀르용 가지, 밀가루, 식용유.

일요일에, 가자미가 웃는다. 양파가, 파슬리가,
백포도주가, 물이, 토마토가, 레몬즙이

밀가루가, 식용유가 웃는다.

나의 아를레지엔 가자미가 일요일을 준비한다.

내 목소리를 5그램 준비한다.

내 숨소리를 3큰술 준비한다.

내 발소리에 버터를 바른다.

꿈속의 유령 하나가

내 기억 속의 감정 2개를 꺼내

껍질을 벗기고 속씨를 빼내 잘게 다진다.

나의 프랑스 요리의 일요일 2

가을은 내게 양말 한 켤레를 남겼다.
실내의 바닥 한 부분은 점점 가라앉았다.
창밖에서 산소용접을 하는 불꽃이 튀더니
꽃사과나무 그림자가 가지를 길게 뻗어
안으로 들어왔고, 가라앉던 한쪽 바닥에
누웠다. 잠시 멈추었던 불꽃이 튀면서
가라앉던 바닥에 구멍이 뚫렸다.
쓰레기통을 비우려고 뚜껑을 열면서 나는
가을의 양말 한 켤레를 보았다.

가슴이 너무 얇아 어깨와 머리가 자꾸
앞으로 쏟아진다는 화가의 이야기가 떠올랐다.
수요일에 가을이 전해준 이야기였다
아이스크림을 들고 점점 무너지던 바닥을
건너뛰면서 가을은 장난처럼 말했지만

그 순간 나는, 자신의 뇌가 모래처럼 되었다는 사람이
갑자기 떠올랐었다. 누구 때문이었을까.

바람이 거세게 불었던 목요일 저녁에
꽃사과나무의 위쪽 가지 중 절반이 날아갔다.
방울방울 붉은 열매들이 문 앞에 뒹굴었다.
새로 산 큰 가방을 끌고 나가면서
그래도 열매의 절반이 그대로 있다고
가을이 말했다.

나는, 쓰레기통 안에 들어 있던 양말 한 켤레와
잡다한 것들을 소각용 비닐봉지에 담았다.
꽃사과나무 근처에서 용접봉을 내려놓고
차광안경을 벗으며 산소통의 사내가
나를 향해 고개를 갸우뚱했다

무슨 말을 기대한다는 눈치였다.
한때는 산맥을 누볐지만, 사실 그는
목공 일이 더 좋다고 했었다.

가볍게 웃음만 보여주고 쓰레기 봉지를
버리고 나서 나는, 그의 정면에 서서 다시 웃었다.
산소통의 사내가
내게 주저앉은 바닥은 곧 해결될 것이라고 말했다.
가을이 여기 오던 날 그는 아주 매끈한
도마 하나를 선물했었다. 작은 칼 두 자루뿐인
주방에는 과분한 것이었다. 나는 잠시 꽃사과
열매들을 방울방울 바라보다가 안으로 들어왔다.
용접봉의 불꽃이 몇 번 더 튀는 듯하더니
고요해졌다.

한동안 가을이 묵었던 방에 가보았다.
방 안에 놓인 희미한 저녁을 바라보면서
남쪽 나라의 바다가 떠올랐다. 가슴이 너무 얇아
머리와 어깨가 앞으로 쏟아진다는
화가의 그림에 대해 생각했다. 그리고 가자미.
그가 종종 그렸다는 가자미를 상상해보았다.
갑자기 해초 냄새가 올라왔다. 바지 주머니에서,
바지 밑단에서 뻗어 나오는 미역 줄기가
손을 내밀었다.
미끌미끌한 대가리를 내게 내밀었다.

나는 한 걸음 물러섰다. 꽃사과나무의
그림자가 누웠던 바닥의 구멍에서 물거품이
일더니 가자미 한 마리가 올라와 펄쩍거렸다.
구멍 속에서 미끌미끌한 해초 줄기들이

대가리를 내밀었다. 나는 서둘러 가을이 잠들던
작은 방의 전등을 켰다.
해초들이 사라졌다. 가자미도 사라졌다.
불을 켜둔 채 느릿느릿 식탁 앞으로 이동했다.
아침부터 산소통의 사내가 선물한
커다란 도마를 꺼내 가자미 껍질을 벗기고
등뼈를 따라 칼끝으로 길게 자르고,
꼬리와 대가리를 잘라낸 가자미.
나의 프랑스식 가자미 요리가
점심 무렵부터 식탁 위에 그대로 놓여
일요일을 혼자 맞이하고 있었다.

자정까지도 그대로 식탁에 놓인
나의 프랑스 요리의 일요일이
구멍 난 바닥에서 미끌미끌한 해초들을

자꾸 끌어당겼다.
누군가의 얇은 가슴이 절반쯤
창가의 바람이 되어 구부러졌다.

가을은 내게 양말 한 켤레를 남겼다.
꽃사과나무 열매는 절반이나 살아남았다.
가슴이 너무 얇은 화가는 여전히
쏟아지는 머리를 들어 올리며
가자미나 넙치처럼 의자에 앉아 있을 것이고,
가을도 지금쯤은 새로 산 가방의 짐들을
다 풀고 산책을 나갔을 것이다.
구멍 난 바닥도 곧 해결될 것이다.
그럴 것이다.

김은은 선생님은 바빠요

김은은 선생님은 우리 선생님
선생님 어깨에서 갑자기 장미꽃 피고
발밑에서 뾰족한 풀이 돋고, 비바람 불고
머리에 뿔이 나도, 김은은 선생님은
나의 선생님.

내가 찾아가면, 언제나 내 말 들어줄
내 선생님.
끝까지 내 맘 헤아려줄
내 국어 선생님.

그런데, 오늘은 아파서 학교에 못 오셨네요.
내가 너무 괴롭혔나?
내일 다시 오시면, 선생님, 선생님.
그렇게만 속으로, 가만히 부를 거예요.

그런데 다음 날,

지지난번 학교의 졸업생들이 찾아와서

나의 김은은 선생님을 빼앗아 갔어요.

내일 다시 학교 가면 나는

점심시간 학교 식당에서도, 쉬는 시간

교무실에 가서도 나의 김은은 선생님 옆에 앉아

내 말 들어달라고 꼭 붙어 있을 거예요.

그래서 김은은 선생님은 내일 바빠요.

김은은은은은은은은은. 이렇게 바쁠 거예요.

교장 선생님이 찾아도, 목소리 큰 학부모가 찾아와서

왕왕거려도, 머리가 아주 큰

하마가 찾아와서 간지럼 태워도

내가 그 옆에 꼭 붙어 있을 거예요.

그래도 조금만 참으세요.

오후 4시가 되면 집에 갈게요.

혼자 갈게요.

텅 빈 거리에는 비 내리고

개구리와 개구리가 지하에 땅을 파고
의자 두 개 만들었음.
하나는 개구리 발바닥색으로 칠하고
하나는 개구리 혓바닥색으로 칠해서
다른 개구리들에게 보여주고 싶었는데,
마침 그 개구리와 개구리의 개구리 친구들이
하나둘씩 찾아와서
뒤죽박죽 놀다 보니, 너무 좋아, 너무 좋아,
의자에 앉고 바닥에 앉고
그 개구리와 개구리의 등에도 올라타고
머리까지 올라가고, 올라타고,
개구리와 개구리의 옆 동네 개구리와
그 옆 동네 개구리의 또 다른 개구리까지
나도 갈래, 나도 볼래, 자꾸자꾸 몰려와서
지하실은 가득 차고, 의자는 부서지고

밀지 마, 발 밟지 마, 와글와글, 개굴개굴.
이건 뭐지, 저건 뭐야? 숲속 개구리, 들판 개구리,
미시시피강 개구리, 메콩강 개구리도
나도 볼래, 나도 갈래, 자꾸자꾸 몰려와서
지하에 땅을 파고, 의자 두 개 만들었던
맨 처음 개구리와 개구리도
밀지 마, 발 밟지 마, 뭔 일이야, 웬일이야?
바깥이 더 궁금한데, 맨 마지막에
눈 쌓인 사부아의 몽블랑산 호수에서
미끄럼을 타고 내려온 개구리 한 마리
투덜대며 문밖에서
일찍 올걸, 일찍 올걸.

텅 빈 거리에는 비 내리고
개구리 입천장 아래로 빗물 흐르고.

빵공장으로 통하는 철도로부터 11년 뒤

햇빛이 강하게 벽을 때렸다.
내가 그은 수평선 아래로 고래가 지나갔다.
한 아이가 내 등에 귀를 대고
파도 소리가 난다고 말했다.

아이는 내가 그은 수평선에 걸려 다리가 부러졌다.
나는 수평선에 대해서 말하지 않았다.
부러진 다리가 거의 다 나았을 무렵
아이는 내 그림자를 밟다가 발목까지 다
축축해졌다고 말했다.

새로운 터널이 하나 더 생겼다.
오래된 터널에서 마주 보이는 산까지 다리가 놓였다.
터널과 터널이 연결되면서, 그 아래에 있던
다리가 부러진 아이의 집은 사라졌다.

햇빛이 강하게 벽을 때렸다.
내가 그은 수평선 아래로
머리가 깨진, 꼬리가 찢어진, 등이 터진
고래가 지나갔다.

아이는 내가 그은 수평선을 바라보며
손가락 끝이 따갑다고 말했다.
내 등에서 자꾸 파도 소리가 난다고 했다.
나는 조금씩 내가 그은 수평선에서 멀어졌다.

빵공장으로 통하는 철도로부터 19년 뒤

고래가 바닷속에서 말했다.
나도 가볼래.

오빠 고래가 말했다.
다음에,
다음에 가자.

오빠 고래는 30년 동안 바다를 건넜다.
건너려면 30년이 걸리는
반대쪽 해안에서
아직 어린 고래를 생각하다가
숨이 끊어졌다.

이틀만 떠나려고 했는데
사흘만 떠나려고 했는데

늦어도 나흘 뒤엔 돌아가려고 했는데

그런 말은 남겨놓지 않았다.
돌아가지 않았다.

꼬리가 찢어지고, 등이 터지고
머리가 깨지고
온몸이 썩었다.

건너려면 30년이 걸리는
바다 건너 반대쪽 해안의
모래밭에 산산이 흩어졌다.

내 들꽃은 죽음

내 들꽃은 죽음. 웃다가 죽음.
낚싯대를 들고 오다가 죽음.
요리책을 읽다가 죽음. 지중해 해변에서
우편엽서를 사다가 죽음. 그 엽서를 쓰다가 죽음.
커다란 여행가방을 싸다가, 그 가방을 들고 가다가
혼자 웃다가. 아침부터 웃다가.

내 들꽃의 지난겨울.
창밖을 바라보고 있었다. 옆자리에 앉아 있던
외국인 청년이 한국어로 말을 걸었다. 실례지만,
물어봐도 될까요? 무슨 일이 있나요? 하지만
내 들꽃은, 버스에서 내렸다. 내 들꽃의
지난여름.
땅속을 벗어난 지하철이 강을 건널 때,
중년의 여인이 다가왔다. 무슨 일이 있나요?

내 들꽃은 다음 정류장에 내렸다.

그런 내 들꽃은 죽음. 웃다가 죽음.
낚싯대를 들고 오다가 죽음.
요리책을 읽다가 죽음. 지중해 해변에서
우편엽서를 사다가 죽음. 그 엽서를 쓰다가 죽음.
커다란 여행가방을 싸다가, 그 가방을 들고 가다가
혼자 웃다가. 아침부터 웃다가.

내 들꽃의 지난해 봄.
목련이 피고, 목련은 피고, 언덕길을 오르는
버스의 차창 밖에 목련은 피었고
버스 안의 라디오에서 흘러나온 어린아이들의
노랫소리가 내 들꽃을 감쌌고, 내 들꽃은 다시
버스에서 내렸고.

그런 내 들꽃은 죽음.

웃다가 죽음. 낚싯대를 들고 오다가 죽음.

요리책을 읽다가 죽음. 지중해 해변에서

우편엽서를 사다가 죽음. 그 엽서를 쓰다가 죽음.

커다란 여행가방을 싸다가, 그 가방을 들고 가다가

혼자 웃다가. 아침부터 웃다가. 내 들꽃은 죽음.

내 들꽃이 바람 속에서 말한다

겨울 바닷가의 해 질 녘.
바람 속에서 내 들꽃이 말한다. 아름답지요.
—나는 춥다.

겨울 바닷가의 해 질 녘
내 들꽃이 말한다. 여기 앉아요.
아름답지요?
—나는 춥다.

내 들꽃은 오늘 밤 푸르고

내 들꽃은 머리가 길고
내 들꽃은 꼬리가 길고

내 들꽃은 손가락이 길고
내 들꽃은 발가락이 길고

내 들꽃은 가방이 셋
내 들꽃은 모자가 셋

내 들꽃은 바닷가에서
내 들꽃은 포도밭에서

내 들꽃은 나를 향해 말하고
내 들꽃은 나에게만 말하고

내 들꽃은 소리가 작고
내 들꽃은 얼굴이 작고

내 들꽃은 쓸쓸함이 셋
내 들꽃은 목소리가 셋

내 들꽃은 얼굴이 셋
내 들꽃은 웃음도 셋

내 들꽃은 쓸쓸하게 말하고
내 들꽃은 웃으면서 말하고

내 들꽃은 나를 향해 말하고
내 들꽃은 나에게만 말하고

내 들꽃은 오늘 밤 깊고
내 들꽃은 오늘 밤 푸르고

내 손에는 스물여섯 개의 기다림이 있어요

터널이 있어요. 강이 있어요. 다리가 있어요. 언덕이 있어요. 계단이 있어요. 지붕이 있어요. 길이 있어요. 벽이 있어요.

겨울이 지나가요. 눈보라가 지나가요. 봄이 지나가요. 여름이 지나가요. 노을이 지나가요. 비가 지나가요. 안개가 지나가요. 가을이 가요.

얼음이 있어요. 모래가 있어요. 호수가 있어요. 바다가 있어요. 물고기가 있어요. 배가 있어요. 파도가 일어요. 파도 소리가 들려요.

구름이 지나가요. 두 시가 지났어요. 세 시가 지났어요. 일곱 시가 지났어요. 여덟 시가 지났어요. 열두 시가 넘었어요. 달빛이 지나가요.

가시가 있어요. 가위가 있어요. 부러진 가지가 있어
요. 유리병이 있어요. 거울이 있어요. 햇빛이 움직여
요. 가끔은 연기가 나요.

새가 지나가요. 밤이 지나가요. 엷고 푸른 소리가 터
널을 지나요. 누군가의 가슴을 두드리던 바람이 강
을 건너요.

나의 해빙 전후

얼음 위에서 나는 자유였다. 아무것도 없
었고, 누구도 지나가지 않았다.

얼음 위에서 나는 아홉 해를 보냈다.
어둠 속에서도 나는 자유였다.
얼음 밖에는 아무것도 없는, 거대한 얼음의
차가운 자유였다.
희뿌연 태양은 얼음의 언덕에서
사라질 듯 말 듯 간신히 떠올랐다.
매일 밤 어둠 속에서
차갑게 얼어붙었던 나는
다음 날 정오가 되면 얼음 언덕의 좁은
틈새를 통해 얼음의 동굴로 되돌아갔다.

아홉 해의 마지막 날

내 얼음의 동굴 끝에서
얼음의 연인 한 쌍을 보았다.
그들은 얼음 사과와 얼음 나무를 만들다가
동굴 안으로 들어온 나를 발견했다.
얼음의 사내가 말했다. 얼음의 여자가
나에게 말했다.
이제 가야 해! 어서, 빨리, 어서!

나는 어떤 생각도 질문도 없이
곧바로 얼음 동굴을 나왔다.
얼음의 평원을 달리기 시작했다.
내가 가야 할 얼음 평원의 끝, 내가
만나야 할, 얼음 끝의 인간을 찾아서
아직 남아 있는 태양이
얼음의 언덕 너머로 사라지기 전에

달렸다. 나는

얼음뿐인 바다, 얼음뿐인 언덕
얼음뿐인 하늘, 얼음뿐인 시간
얼음뿐인 자유, 거대한 얼음을 건너갔다.

달렸다. 뛰었다. 쉬지 않고 갔다.
태양이 사라지기 직전에 나는
보았다. 얼음 없는 길, 얼음 없는 집,
달리고 달려
거대한 얼음 평원의 끝, 얼음 없는 길에
마침내 닿았을 때

나는 갑자기 두 팔을 들어 수평으로 벌리고
한 바퀴, 두 바퀴를 돌았다.

내 머리 위로 타오르는 태양⋯⋯
나는 의식을 잃고 바닥에 쓰러졌다.

얼음도 사라지고, 태양도 사라졌다.
나의 삶도 사라지고 나의 죽음도 사라졌다.
태양의 마을에서 3개월이, 6개월이 지나갔고
나는, 얼음의 끝, 태양 아래서도
자유였다. 삶도 없고 죽음도 없는,
그 누구의 목소리도 들
리지 않는, 나마저도 나를 느
낄 수 없는 자유였다. 아무것도 없
었고, 그 누구도 지나가지 않았다.

북극해의 의자에는 나를 닮은 닭 다리가

북극해에 갔었음. 꿈이라고 생각했음.
내가 떠난다는 말을 전하기 이틀 전
작은 구멍이 뚫린 두꺼운 유리벽 안에
그가 있었음. 바람이 빠지는 듯
몸에서 바람 소리가 나는 그가 있었음.

떠난다는 말을 전하려고 그를 만났음.
겨울바람을 따라갔음. 바람의 소녀를
따라서 갔음. 북극해로 가는 길엔
두꺼운 털모자, 두꺼운 담요를 쌓아놓은
상점들, 하얀 찐빵들을 쌓아놓은
상점들뿐이었음. 상점들을 지나 넓은 방에
들어섰음. 소녀들이 있었음. 소녀들은 모두
한쪽 벽의 높은 곳에 뚫린 커다란 창구를
바라보았음. 창구는 높았음.

누구도 올라갈 수 없을 만큼 높았음.

창구 안엔, 모자를 눌러쓴 소년들이
언뜻언뜻 보였음. 창구의 양쪽 벽엔
스피커가 있었고, 소년들의 목소리도
모자를 눌러쓴 듯, 찌그러진 소리가
흘러나왔음.
넓은 방을 나와서 또다시 소녀를 따라갔음.
하얀 복도였음. 등 뒤에서 쇳소리가 들렸음.

소녀들의 머리엔 작은 굴뚝이 하나둘씩
솟아나 있었음. 연기가 났음.
나는, 연기가 나지 않는 소녀를
따라갔음. 하얀 복도를 건넜음.
작은 방 안에 들어섰음.

작은 구멍이 뚫린 두꺼운 유리벽 안에,
두 눈을 깜박이는, 고개를 끄덕이는
몸에서 바람 소리가 나는,
머리가 깨진 그가 있었음.
내 뒤통수가 갑자기 뜨거워졌음.

꿈이라고 생각했음. 꿈에,
북극해에 갔었다고 생각했음.
그리고 나는 떠났음, 멀리 떠났음.
그러나 뒤죽박죽, 웃기는 세월이었음.
그렇게 떠난다는 말을 전하고
먼 길을 돌아온 오늘,
내 앞에 그가 있었음.

겨울바람도 있었음. 겨울 소녀도 앞에
있었음. 쇳소리도 들렸음. 북극해의
복도 끝, 작은 방에서 보았던,
그가 두 눈을 깜박이며, 고개를 끄덕이며,
내 앞에 있었음.
내 뒤통수가 또 갑자기 뜨거워졌음.

울긋불긋한 색만을 골라, 내가
아주 요란한 복장으로 햇빛 속을 걸어도,
아주 어두운 복장으로 살금살금 걸어서
어느 조용한 도시의 고요한 호텔에
숨어 있어도, 간도 쓸개도 바닥에 꺼내놓고,
마음까지 뒤집어서
탈탈, 먼지를 털어봐도,
나를 꼭 빼어 닮은 그가

내 앞에 있었음. 모자를 눌러쓴
소년들이 있었음. 머리에서 연기가 나는
겨울 소녀들이 있었음.

차가운 노을이 의자에 앉아, 나를 닮은
닭 다리를 뜯으며 웃고 있었음.

바지가 벗겨진 신발

신발들이 걷는다. 신발을 신고 안으로 들어온 사람들은 모두 잠들었다.

검은 운동화의 한쪽이 밖을 향해 걷기 시작한다. 다른 한쪽은 안을 향해 걷는다. 따로따로 걷는다. 옆에 있던 분홍 신발은 똑바로 나아가지 않고 비스듬히 벽을 향해 걷는다. 그 옆의 갈색 신발은 왼발과 오른발을 모으고 걷기를 포기한다. 흰색 신발은, 앞에는 왼발, 뒤에는 오른발을 직선으로 세워놓고 발을 버렸다.

끈 없는 신발, 작은 신발, 두꺼운, 뾰족한, 넓적한, 높고 낮은, 신발들이 걷는다. 왼발은 강변으로, 오른발은 숲속으로, 따로따로 걷는 신발, 빠르게만 걷는 신발, 벽을 향해 걷는 신발, 지붕 위로 올라간 신발, 걷기를 포기한 신발, 이미 오래전에 발을 버린 신발들까지, 한꺼번에, 내 심장 속에 박힌, 내 머릿속에서 폭탄 터진 이야기를 꺼내놓으라고 한다. 그러고 또 걷는다. 달린다.

우당탕 달려가다 물에 빠진 신발, 홀라당 뒤집어진 신발, 코가 깨진 신발, 엉덩이가 까진 신발, 바지가 벗겨진 신발, 물렁한 신발, 투명한 신발, 속옷만 입은 신발, 속옷도 안 입은 신발, 강변의, 숲속의, 문밖의, 지붕 위의 신발들이, 내 머릿속에서 폭탄 터진 이야기를 꺼내놓으라, 꺼내놓으라 하며 한꺼번에 달린다. 걷는다. 밖으로, 안으로, 벽을 향해, 부딪히고 엇갈리고, 밀리고 까지고 깨지고, 자빠지며 걷는다. 달린다.

포기한다. 버린다. 내 심장에 박힌, 내 머릿속의 폭탄 터진 이야기를, 숲속의, 문밖의, 지붕 위의 신발들이, 신발들이.

나비

나비를 따라갔다. 노오란 나비.
나비가 꽃 속으로 들어갔다.
나도 따라 들어갔다.

노오란 나비가
세상에서 처음 본 검은 음식을 내게 내밀었다.
나비가 먼저 먹었다. 노오란 나비
나도 나비처럼 검은 그것을
입에 넣었다.

나비가 웃었다. 노오란 나비
나도 따라 웃었다.
웃다가, 웃다가
나비들의 꽃 속에서 나왔다.

나비를 다시 찾아갔다. 노오란 나비
꽃 속으로 들어갔다. 죽은 나비
꽃의 안쪽으로 들어갔다. 죽은 나비

나비들의 꽃 속에서 나왔다.
햇빛 속으로, 얇은 꽃잎들이,
나비가 되어 떠다녔다.

나비를 따라갔다. 물방울 나비
나비를 따라갔다. 빗방울 나비

나비를 따라갔다. 노오란 나비
죽은 나비, 떠다니는 나비,
온통 나비뿐인 옷가게 옆, 식당 옆,
골목 안, 꽃 속으로, 지붕 위로,

나비를 따라갔다. 노오란 나비.
머리를 부수고, 꼬리를 으깨고, 날개를 뜯어
짓이겨야 할 것만 같은 나비.

그런 생각들이 내 몸을 뒤흔들던 오후
나는 깨어났다. 노오란 나비.

그녀의 외로운 엉덩이

그녀의 엉덩이엔 아무것도 없어서
구멍을 파기도 쉽다.

나는 그녀의 엉덩이에 구멍을 파고
오래된 먼지를 쓸어 넣는다.
그녀의 엉덩이는 더 통통한 여자의 엉덩이보다
넓어서
큰 구멍을 파고 몇 놈이든 묻을 수 있다.

그녀보다 더 하얀 여자의 엉덩이보다
더 매끈한 여자의 엉덩이보다
그녀의 엉덩이는 더 둥글고 깊어
양쪽에 하나씩 큰 구멍을 파기도 쉽다.

그녀의 엉덩이에 구멍을 파고

나는 낡은 시계와 탁자
침대와 욕조
현관문과 거울도 떼다 버린다

그녀의 엉덩이엔 아무것도 없어서
구멍을 막기도 쉽다.
겨울옷과 자전거
피아노와 날벌레와
조용히 몇 놈을 더 쓸어 넣는다.

그녀의 엉덩이는 젊기도 해서
구멍 속에 처넣은 감자에서 싹이 트고
때로는 죽은 생선도 지느러미를 퍼덕이고
바람 빠진 자전거의 바퀴가 저절로 부풀고
부패한 몇 놈도 꿈틀거리고

파묻은 피아노도 띵띵거리지만
그녀의 엉덩이엔 아무것도 없어서
캄캄한 밤이면 불빛 하나 없어서
나 혼자 미끄러져 나자빠질 뿐이다.

두 사람

누군가의 다리가 반짝인다.
은빛 허리가 반짝인다.
숲속에 누군가의 머리 쪽에서 네가 나타난다.
숲속의 은빛 입술을 지나 네가 달려 나온다.

내가 달린다.
너도 달린다.

숲의 끝까지 달려갔다가 뒤돌아선다.
숲의 끝에서 너도 멈춘다. 뒤돌아선다.
내가 다시 달린다.
너도 달린다.

네가 나에게 달려오고
나 또한 너에게 달려가지만

너를 지나친다. 달린다.
나를 지나친다. 달린다.

밤새도록 너를 향해 내가 달리고,
밤새도록 나를 향해 네가 달린다.
지나치고 또 지나쳐도 달린다.

우리들의 숲속에서 우리 둘만이
달린다.

1. 네가 나를 처음 본 아침

딱딱한 발가락이 어깨에 달린, 꼬리에 커다란 톱니바퀴 세 개가 달린, 축축한 목소리의 사내가 너를 불렀다. 흔들리는 줄, 무릎 아래로 추락하는 나의 숨소리.

뾰족한 손가락이 등 뒤에서 튀어나온, 구불구불한 목소리의 사내가 너와 나의 숨소리를 자신의 목에 걸고 사라졌다. 흔들리는 줄, 네가 나를 처음 본 날, 아침이었다.

2. 가자

가슴에서 구름이 움직였다. 구름 속으로 비행기가 지나갔다. 젖은 운동화를 벗었다. 깊은 바닷속에서만 자라는 커다란 조개가 언덕 아래서 입을 벌렸다.

물고기들을 몰고 오는 바람의 곡선자가 있었다. 암컷 드릴이 있었다. 선글라스를 쓰고 해변에서 올라오는 전자저울이 있었다. 손등에서 오래된 눈물이 흘러나오는 아몬드 프랄린이 있었다. 망치가 너무 많아서 고독한 나사못이 있었다. 마음의 가시를 흔

드는 선인장 꽃의 애매한 붉은색이 있었다.

가슴에서 구름이 움직였다. 깊은 바닷속에서만 자라는 커다란 조개가 입을 벌렸다. 현실 B는 방금 벽속으로 사라졌다. 그것이 무엇이었든, 가자.

3. 이곳이

나는 이곳이 별빛 그녀의 집이라고 믿는다. 그녀가 단지 밤하늘의 흔적일 뿐이라고 해도, 그녀가 아주 먼 옛날 1832년생쯤인, 별빛처럼 흘러간 여인의 환영이라고 해도.

4. 쿵

좁은 골목 입구에서

막다른 집을 바라보았다. 이른 아침이기는 하지만,

이 골목에는 아무도 없다. 어제도, 그제도,

사람은 없고, 골목길만 있었다고 주장하는 것처럼

골목이 휑하다. 곧 한 사람쯤 나타날 듯도 한데

아직은 나뿐이다. 이제, 하늘도 그럭저럭

이른 아침의 쌀쌀함을 손에서 내려놓을 모양이지만,

나는 이 골목에서 40분 동안은 있어야 한다.

다른 골목으로 가봤자, 역시 40분쯤

시간이 빈다. 그래서 이곳에 비스듬히
나를 벽에 기대어 세워놓고, 가만히,
서 있다. 앞으로 한 번, 뒤로 한 번,
나를 옮겨놓다가, 쿵,
어떤 물체 하나가 옆으로 쓰러지는 소리가 난다.

5. 불은 끄자

뒤늦게 나타난 홀쭉한 아기 박쥐가
머뭇머뭇하는 사이
'아기 박쥐들의 겨울밤을 위하여
박쥐풍의 노래를 듣겠습니다'라고 말하며
네모난 아기 박쥐가 오디오 장치의 볼륨을 높인다.
박쥐들의 음악이 젖은 날개를 편다.

먼 옛날의 탄광에서 나온 아기 박쥐는
코스모스 꽃잎이 바람에 흔들리던 가을 길,

가을 하늘, 가을 강을 건너다가 갑자기,
가을이 무서워져서, 붉은 꽃잎 두 장을 집어삼켰다.
먼 옛날의 딸기밭 뒷산에서 나온 아기 박쥐는
겨울나무, 흰 나무, 하얀 눈이 쏟아지던
겨울 산을 오르다가, 하얀 눈이 무서워져서
차가운 얼음 조각 두 장을 집어삼켰다.
항구에서 날아온 희멀건 아기 박쥐는
한낮이 너무 무서워서, 유리 조각 두 점을
덜컥 삼켜버렸다. 통통 튀는 아기 박쥐는

죽은 박쥐의 눈알 두 쪽을 얼떨결에 먹어버렸다.
네모난 아기 박쥐는 먼 옛날의 일도 감추고,
어제 일도 숨긴다. 그 옆에 앉은
느림보 아기 박쥐는 멀쩡한 발목에 붕대를
감고 왔다. 홀쭉한 아기 박쥐는
느림보 아기 박쥐에게만 오늘 밤도 무섭다고 말한다.
어둠 속에서도 귀여운,
앞을 봐도 뒤를 봐도 귀여운 아기 박쥐는
얼음 조각, 유리 조각,

제비꽃, 초롱꽃, 바람꽃, 그런 꽃잎들을 집어삼킨
이야기는 없지만, 부러진 날개의,
부러진 이빨의, 그런 박쥐의 이야기는 있다.
그러니까 불은 ㄲ자.

6. 하루

그녀는 먼바다에서 눈이 큰 물고기가 되었지만, 하루 만에 어부들에게 잡혀 어시장으로 들어왔다.

7. 햇빛

뜨거운 햇빛이 옥수수밭에서 걸어 나와
포장도로에 머리를 처박는다.

내 입속에서는 연기가 난다.
입과 코를 막으면.
귀에서 연기가 난다.

8. 입구

9. 겨울

결혼식에 가기 전에 그녀는
사탕 하나를 소년의 손에 쥐여준다.

사탕의 포장지에서
알루미늄 가루가 떨어진다.

늘 그러하듯이
그녀는 오늘도 잘 웃지 않는다.

PIN
001

그의 카페

박상순
에세이

그의 카페

1

2017년 6월, 나는 프랑스 파리의 길거리 카페에 있다. 실내에도 자리는 있지만, 카페의 손님들 대다수는 실내를 등지고 거리를 향해 앉아 있다. 카페 앞 도로는 좁다. 그래서 거리를 지나는 사람들이 카페의 탁자, 바로 앞으로 지나간다. 나 역시 실내를 등진 채 앉아 커피를 주문한다. 지나는 사람들은 모두 분주하다.

혹시 누군가에게는 이 카페에 있는 한 시간 남짓

한 시간이 나에게 자유를 주는 것처럼 보이지만, 낯선 곳에 대한 새로움도 자유도 느낄 수 없다. 떠나온 곳이 그리운 것도 아니고, 내가 앉아 있는 이 길거리 카페의 환경이 어색한 것도 아니지만, 나는 오늘의 내가 걱정이고, 내일의 내가 걱정이다. 그래도 하늘은 맑다.

길 건너편에서 두 여자가 마주 보며 느린 동작의 춤을 춘다. 노점상인 듯 보이는데, 강한 햇빛 아래서 그녀들은 음악도 없이 춤을 추지만 즐겁다. 젊지도 늙지도 않은 나이, 서로의 얼굴을 바라보며 그녀들이 웃는다. 잔잔하지만 흥겹게 춤을 춘다. 나는 잠시 나의 걱정을 잊고 그녀들을 바라본다. 그녀들 또한 나처럼 무엇인가, 걱정해야 할 것들이 있겠지만, 오늘은 춤을 춘다. 내가 카페에 앉아 그녀들을 바라보고 있을 동안, 그녀들의 상품을 구경하러 온 사람은 없었다. 어차피 손님도 없으니 춤이나 추는 것으로는 보이지 않는다. 그녀들은 그저 오늘 하루를 그렇게 살아가고 있다.

걱정이 많은 나와, 오늘을 즐겁게 살고 있는 그녀

들 사이로 이런저런 사람들이 지나간다. 빨리 걷는 사람, 느리게 걷는 사람, 이쪽으로 가다가 갑자기 방향을 틀어 되돌아가는 사람. 나를 힐끔, 곁눈질로 보면서 지나가는 사람, 내가 앉은 탁자 앞에서 걸음을 멈추더니 자신의 가방 속을 뒤지다가 마침내 무엇인가 가방 속의 물건을 확인하고 다시 걷는 사람. 시끄럽게 떠들며 지나가는 사람, 조용히 살금살금 지나가는 사람. 온갖 표정의 사람들이 내 앞을 지난다.

　다음 날 오후, 작은 광장 앞의 꽤 두툼한 석재 말뚝에 잠시 걸터앉아 있는데, 내가 아는 프랑스 시인이 광장에서 나오면서 그런 나를 보며 거기서 무얼 하느냐고 묻는다. 순간 나는 '고도Godot를 기다리고 있다'고 말한다. 길게 설명할 내용이 없으니 순간적으로 그렇게 말했을 뿐이고 그녀 또한 농담처럼 내게 '고도를 만나기를 바란다'며 길을 건넌다.

　30분 전에는 광장 안에서 우연히 만난 아를에서 온 프랑스 시인이 내게 '코만도르스키는 잘 있느냐고 물었다. 코만도르스키는 내가 쓴 시에 나오는 인

물이다. 사실 내 시에서 코만도르스키는 죽는다. 그 시인 또한 코만도르스키가 내 시 안에서 이미 죽었다는 것을 알고 있다. 그래도 그가 나에게 물었다. '코만도르스키는 잘 있느냐'고. 그 순간 코만도르스키라는 이름의 파장이 우리의 시간과 공간을 굴절시켰다. 지구가 뉴턴의 사과를 끌어당기듯이 사과 또한 지구를 끌어당긴다. 하늘은 여전히 맑고 뜨겁다.

2

일주일 후 나는 베를린에 도착했다. 입술이 자꾸 말라서 약을 발랐다. 잠이라도 푹 자고 싶은데, 쉽지가 않다. 긴 복도를 지나 엘리베이터를 타고 호텔 밖으로 나갔다. 새벽 두 시가 넘었고, 거리에는 아무도 없다. 가끔씩 아직도 잠들지 않은 사람이 몰고 가는 자동차가 어둠 속 정적을 가르면서 사거리를 지난다. 나는 사거리 밖 10여 미터쯤의 자리에서 아무도 없는 밤의 서늘한 고요를 물끄러미 바라보았다.

낮에는 아주 높은 유리 천장이 있는 카페에 있었다. 어떤 기념관 내부에 있는 꽤 넓은 카페였다. 3층짜리 건물의 뒤편 공간에 유리로 지붕을 얹은 곳이다. 나는 에스프레소를 주문했다. 커피 잔을 내려놓고, 건물 쪽을 바라보는 자리에 앉았다. 내 등 뒤에는, 푸른 하늘과 맑은 구름과 잎이 무성한 나무들을 품은, 이 건물의 뒤편 정원으로 향하는 더 넓은 공간이 활짝 열려 있었다. 나는 넓은 하늘을 품은 정원 쪽이 아닌 건물 쪽을 향해 자리를 잡았다.

기다란 탁자와 두 사람씩 마주 보고 앉을 수 있는 네 개의 의자가 있었다. 세 개의 의자는 방금 전에 어떤 일행이 앉았다가 떠났는지, 서로 다른 방향으로 어긋나게 놓여 있었고, 탁자에서도 조금 멀리 떨어져 있었다. 나는 왼쪽 의자에 앉았다. 커피를 한 모금 마시고 몸을 뒤로 젖히면서 고개를 들어 카페의 천장을 바라보았다. 유리를 받치고 있는 흰색의 유성 페인트를 칠한 철제 뼈대들이 보였다. 유리 천장을 통해 햇빛이 쏟아지고 있었다. 내 시선은 철제 뼈대를 따라 아래로 이어졌다. 카페의 양쪽에 세운 철제 기둥은, 커다란 나무가 자라면서 가지를 새로 뻗은 것처럼, 아래는 한 몸이지만, 위로 올라가면서 세 갈래로 나뉘었다.

하나의 직선으로 세울 수도 있었을 텐데, 한두 번 휘어지면서 위를 향해 뻗어나가는 나뭇가지 모양으로 기둥을 만들었고, 다른 한쪽에도 조금 비스듬히 옆으로 기울어진, 나무를 단순하게 압축한 모양의 철제 기둥이 있었다. 그 기둥들이 받치고 있는 유리 천장에서 내가 앉은 카페의 바닥을 향해 햇빛이 쏟아지고 있었다. 여러 개의 커다란 사각형 유리를 고정하고 있는 틀 때문에, 바닥에 떨어진 햇빛은 몇 개의 사각형으로 분리되었다. 바닥에 떨어진 빛이 만든 사각형들은 다시 몇 개의 작은 다각형으로 분리되었다. 천장을 받치고 있는 철제 기둥의 나뭇가지 모양들의 그림자가 유리 천장 모양의 사각형을 사선으로 가로질렀기 때문이다.

나는, 기둥들의 그림자 때문에 분리되지 않은 온

전한 사각형의 햇빛 구역 안에 있었다. 철제 기둥 근처가 아닌, 양쪽 기둥 사이의 한가운데에서 왼쪽으로 조금만 비켜선 자리에 앉았기 때문이다. 나는 이 햇빛 구역 안에서, 빛과 그림자가 만들어놓은 카페 바닥의 기하학적 공간에 놓인 투명한 시간, 아무것도 들어 있지 않은 한 순간을 응시하고 있었다. 그리고 아주 조금씩 시선을 옮겨 느린 속도로 순간적인 변화를 바라보고 있었다.

잠시 눈을 감았고, 내 무릎과 손등을 바라보다가, 고개를 돌려 카페의 주문대 쪽을 바라보았다. 그리고 다시 등을 돌려 카페 뒤뜰의 넓은 공간도 한눈에 넣어보았지만, 다시 빛과 그림자들이 만드는 아무것도 없는 공간을 향해 자세를 바꾸었다. 나의 세상이 잠깐 동안 햇빛 속에서 걸음을 멈추었고, 나의 생각과 감정은 두 다리를 늘어지게 뻗은 채 바닥에 누워 눈을 감았다.

당신의 시적 언어 또는 시는 어디에서 오는가? 그날 저녁 일곱 시에 나는 이런 질문을 받았다. 나는 조금 엉뚱하게 대답했다. 모두가 잠든 사이에 혼자 길을 나서서 지붕 위에서 또는 어두운 골목길에서, 비 내리는 사거리에서, 또는 달나라에 가서 그것을 슬쩍 가지고 왔다고······.

오늘 오후에는 우연히 독일 화가들의 작업장을 방문했다. 오래된 3층 건물인데, 화가들에게 공공 기관이 작업 공간으로 제공한 곳으로 마침 이번 일주일간 아틀리에를 개방하여 작은 전시회와 유사한 행사를 진행하고 있었다. 오래된 건물이어서 작업실들의 내부 또한 허름했다. 오랜만에 나는 유화 물감과 테레빈terebene의 송진 냄새를 맡았다. 벽에 기대놓은 무질서한 캔버스들, 몇 장의 큰 종이를 이어 붙인 드로잉 작품들이 제멋대로 벽에 붙어 있었고 작업대 위에는 물감을 다 짜내서 쭈글쭈글해진 유화물감 튜브와 온갖 크기의 붓들이 어수선하게 놓여 있었지만 낯설지 않았다.

아주 오래전에는 나도 이들처럼 물감을 개어 캔버스에 칠했고, 종이 위에 무엇인가를 그렸고 미술사나 현대 예술론, 예술 철학 따위를 열심히 읽어댔었다. 낯설지 않은 분위기 속에서 3층의 복도 끝에 있는 작업실로 들어갔다. 벽에 걸린 유화 작품들을 유심히 들여다보는데, 구석에서 아주 엷은 갈색 머리의 젊은 여자가 다가왔다. 작업용 앞치마를 둘렀고, 그녀의 오른손에는 커다란 스프 그릇이, 왼손에는 딱딱해 보이는 빵 한 조각이 들려 있었다. 자신의 작품을 유심히 들여다보는 내게 말을 걸어왔다. 어쩔 수 없이 한두 마디 어색한 인사말을 나누다가, 나도 한때는 그림을 그렸다고 했더니, 그녀가 묻는다. '시가 그림보다 더 좋았느냐'고. 나는 말없이 미소만 지었다. 그녀는 내 대답을 기다리며 두 눈을 동그랗게 뜨고 내 얼굴을 계속 바라보다가, 마침내 나처럼 미소를 지었다. 그 작업실에서의 대화는 그렇게 미소만으로 끝났다.

나는 시를 쓴다. 나의 언어는 밤새, 홀로, 길을 건너서, 달나라에서 내가 가져온 것일 수도 있겠지만, 그것들은 결국 나의 내부에서 나왔고 내가 나의 공간에 쏘아 올린 것들이다.

시적 대상을 만드는 나의 시선은 구체적이고 물질적인 현실 대상을 바라보는 화가의 눈일 수도 있다. 아마도 '화가의 눈과 손'을 가졌기에 시적 언어를 다루는 나의 관점은 관념적인 것보다는 사실적인 것을 순수하게 바라보려고 할 것이다. 시적 대상이나 환경 또한 화가의 눈을 통해 본다면, 중심과 주변, 채움과 비움과 이동의 공간, 촉각적 시각이나 무의식적 시각, 부피와 질량, 빛과 그림자 사이의 대기 등등을 판단하는 남다른 기능이 드러날 수도 있다.

그렇지만, 그것을 소박한 그림으로는 옮기지 않는다. 이것은 내화와 외화를 통해, 시적 대상에 언어를 부여하고, 내적 언어를 끌어내 외적으로 쏘아 올리는 방식에 관한 이야기이다. 그림으로서의 표현일 경우에도 표현하는 공간 위에서, 그림 그리기에 관한 또 다른 관점이 필요하다. 그것은 예술 작품을 구성하는 행위를 통해 다른 차원의 사실적 형상화나 추상적 형식화의 미적 관점이다. 언어는 개념이나 제한적인 구조에서도, 비물질적 이미지로도, 소리를 통해 허공 속에서도, 문자나 소리가 없는 의식으로도 존재한다. 시적 언어는 스스로 의미를 만들지만 그것은 진술이 아니라 살아 있는 감각이어야 한다.

내가 '화가의 눈'을 가진 것은 맞지만, 시인으로서의 나는, 화가의 도구를 손에서 내려놓고, '시인의 언어'라는 물질성을 생각한다. 나의 시는, 사실적이거나 구체적인 사건이나 행위가 나타나거나, 시적 대상으로 보이는 어떤 현실이 다른 차원으로 나타나기도 한다.

시적으로 다루어지는 현실의 사건이나 대상들은 이미 한 편의 시를 향해 첫 마디가 움직이기 시작하는 순간부터 고정된 의식과는 결별한다. 현실이나 기억은 하나의 동기로서 작용하지만, 시적 대상들의 과거를 이야기하는 것은 무의미하다. 시적으로 드러난 사건과 행위 또는 대상들은 온전히 '시'의 내부에서 새로 탄생한다. 그것은 '시 쓰기'라는 행위의 내적 본질이며, 대상과 생각을 지우면서 대상과 생각과 느낌이 다시 태어나는 과정이다.

지운다는 것은 종속되지 않는다는 것이고, 다시 태어난다는 것은 새롭게 보는 것을 전제로 독자적인 지점에 도달하는 것이다. 이것은 순수 감각이나 지각적 판단이 세계와 나를 이어놓음과 동시에 풍경과 구성과 감각의 주체인 나를 소멸시킬 정도인 어떤 힘의 소용돌이에 놓이는 사건이다.

관념적인 주체와 대상을 지우는 행위에는 순수 감각이나 지각적 판단을 조율하는 언어의 물질성과 예술적 본성이 필요하다. 물질성은 의미를 비켜서는 순수 감각의 대응이며 예술적 본성은 개별적이고 구체적인 현실 속에서 미적 표출을 향한 진동을 촉발한다. 대부분의 경우 의미 지향적인 예술적 심도 구성에서 본성과 물질성은 쉽게 드러나지 않는다. 그것은 미적 품격을 가진 내부의 운동이다.

이것은 나의 내부에서 시적 언어가 출발하는 과정이다. 외적으로 드러나는 과정은 이미 현실과 나의 관계에서 내적으로 변환되거나 준비된다. 순수 감각과 예술적 본성은 형식이 아닌 동력이고 순환적이거나 다발적이다. 예술은 비미적 대상을 미적으로 조정하는 기술이 아니라 순수 감각을 통해 물질성이 파악되고 예술적 본성을 통해 활동성이 촉발된, 일차적으로 구조화된 상황인 예술적인 것들의 심리적이고 물리적인 중첩으로서의 표출이다.

구체적 현실 속에서 때로는 보이지 않는, 닿을 수 없는, 어찌할 수 없는 그 무엇이 다가와 가슴속에서 내는 소리를 듣는 것, 목적이나 개념을 넘어 그것이 말하는 것, 나에게는 그런 언어의 감각적 포착이 문학이며 예술이다. 이때, 보이지 않으며 닿을 수 없다는 것은 인식의 불가함이 아니다. 막연한 감정이나 세계의 어떤 모호한 잠재성도 아니다. 세계를 보는 순수 감각에 의해 내적으로 구조화된 냉정한 그림이며 예술적 본성이 발화한 분명한 소리이다. 그것은 다시 물리적 과정을 통해 외적 형식으로 드러나며, 형식은 다시 본성과 감각을 향해 굴절한다.

문학은 하나의 현실이며 언어의 물질성을 통해 강력이나 중력, 파동을 드러낸다. 그래서 나의 시는 언어의 감각적인 물질성과 더불어 현존한다. 그것은 순수 감각과 예술적 본성과의 현존으로 삶의 유동적인 이미지나 운동적인 상태를 드러낸다. 소리와 빛과 운동이 서로를 끌어당기면서 대상의 정서를 조율하고, 현실 언어가 지닌 개념적인 온도를 변화시킨다. 그것은 형체의 단순한 배치나 조정이 아닌 빛의 설치이며 지속적인, 그러나 오히려 소멸하는 형체들의 사건이다. 나의 시적 대상들은 한순간도 멈추지 않는다. 움직이고 넘어지고 다시 일어난다. 그러나 소멸하고 분열하고 발산하며, 잊히고 부서지고 추락한다. 이것은 또 한 번의 진동과 파장, 유동이며 추동이다.

그것들의 언어는 부서지고 움직이는 설치이다. 설치는 시간적이거나 입체적이거나 지각적으로 중첩된 평면들의 상호 작용적 총체이다. 단순한 심도에서는 심리적 충동을 통한 집중이나 대비, 인과성이나 역동성이 부각된다. 예술적 심도가 깊어질수록 순수 감각과 예술적 본성이 확대되어 생성과 욕망 따위는 무의미하다. 차이나 전환, 잠재나 형성 또한 맹목적인 사유일 뿐이다. 끊임없는 소멸과 파장이 예술적 심도의 깊이를 더한다. 소멸화의 파장은 강력한 현실적 투쟁이며 미적 출현이다.

나의 시는 현실을 그렸다고 말할 수도 있다. 나의 시는 환상을 만든다고 말할 수도 있다. 나의 시는 절망을 쏟아냈다고 말할 수도 있다. 나의 시적 언어는, 문자의 집합이든, 인쇄 잉크로 무엇인가를 찍은 종이의 표면이든, 누군가가 소리 내어 읽을 수 있는 기호이든, 그것과는 무관한 물체들과 어울려 의미와 의식으로서의 나 자신을 지우거나 뒤흔들어놓을 수도 있다. 그러나 나의 시적 언어는 '화가의 눈'과 '시인의 언어', 순수 감각과 예술적 본성을 통해 역사의 내부에 나를 설치한다.

한동안 나는 베를린의 카페에 앉아 있었다. 현실과 나는 불안한 진동이고, 걱정인 파동이다. 그러나 그곳이 어디든, 내가 등진 뒤뜰의 하늘은 크고 밝다. 바닥에 떨어진 햇빛은 내 생각과 감정을 안고 오른쪽에서 왼쪽으로 아주 조금씩 이동했다.

3

어제 아침에 나는 스페인 마드리드에 도착했다. 밤 아홉 시에도 이곳의 기온은 섭씨 35도. 한낮에는 더 뜨거웠다. 오후에는 간간이 빗방울이 떨어지다가 한밤중이 되자 갑자기 소나기가 내렸다. 이 빗줄기도 뜨거운 대기를 아주 잠깐 동안만 식히다가 곧 사라져버렸다. 다음 날 오후, 잠시 희미한 바람이 스쳐 갈 때, 나는 마드리드 골목 카페의 야외 탁자에 앉아 있었다.

내 옆으로 날씬한 몸매의 금발머리 여자가 다가와 주문을 받는다. 우리는 각자의 언어로 생각을 주고받았지만 피자 한 조각과 오렌지 주스가 내 앞에 정확히 도착했다. 그리고 다시 주문한 에스프레소를 마신다. 바람 한 점 없는 큰길을 따라 얼마 동안 여기까지 걸었고, 이 카페에 홀로 앉아 시원하지는 않지만 그래도 더위를 내 손바닥만큼은 가라앉혀줄 것 같은 희미한 바람을 맞는다.

이 카페가 있는 평범한 골목까지 걸어오는 동안, 한두 방울의 빗방울처럼 어떤 감정이 내 가슴속에 또르르, 굴러떨어졌다. 돌아가는 것도 나아가는 것도 이미 정해진 운명이겠지만, 파리, 베를린, 마드리드를 떠돌다가 이틀 후 늦은 밤에는 독일 뒤셀도르프 공항에 도착 예정인 형식적인 일정표만이 내 가방에 들어 있다. 뒤셀도르프에서는 아직 젊은 나이의 작곡가를 만날 예정이지만 우리에게는 점심식사를 함께 할 두 시간뿐이다. 그러나 나의 시가 운명적으로, 그날 하루의 음악을 꿈꾸기에는 충분할 것이다.

비가 또 한두 방울, 마드리드 야외 카페의 작은 탁자 위에, 피아노 건반을 때리듯이 또르르 굴러떨어진다.

밤이, 밤이, 밤이

지은이 박상순
펴낸이 김영정

초판 1쇄 펴낸날 2018년 3월 5일

펴낸곳 (주) 현대문학
등록번호 제1-452호
주소 06532 서울시 서초구 신반포로 321(잠원동, 미래엔)
전화 02-2017-0280
팩스 02-516-5433
홈페이지 www.hdmh.co.kr

ISBN 978-89-7275-873-0 03810
       978-89-7275-872-3 (세트)

* 책값은 뒤표지에 있습니다.